HUNINGUE.

ODE

SUR L'HEROIQUE DEFENSE DE CETTE FORTERESSE
PENDANT L'INVASION DE 1814

OFFERTE

Aux Braves Alsaciens.

PAR

UN ANCIEN SOLDAT

DE L'EX-GARDE IMPERIALE

Suivie de Notices historiques et du Chansonnier
des Camps

Aux ge... t ons t ansmettons ces exem les
l t u... eveux ... jo r ... ge out des ten ples
S r l... l... f... nts de ces po d eux remp a ts
L orgue l de notre France et la l onte des Czar

PRIX   1 FR 50 C

BELFORT,

IMPRIMERIE DE JOSEPH CLERC,
GRANDE RUE, N° 10

1832.

HUNINGUE,

ODE

DÉDIÉE AUX MANES

DU

GÉNÉRAL LECOURBE.

PAR

Audibert-Le Duc,

CHEVALIER DE LA LEGION D'HONNEUR, ETC , LIEUTENANT DE
VOLTIGEURS AU 36 e REGIMENT D'INFANTERIE DE LIGNE ,
ANCIEN ELEVE AU PRYTANEE MILITAIRE FRANCAIS.

BELFORT ,

IMPRIMERIE DE JOSEPH CLERC ,

GRANDE RUE , N° 10

1832.

NOTA. Les formalités exigées par la loi ayant été remplies, je déclare que je considérais et poursuivrais comme délit de contrefaçon, tout exemplaire qui ne serait pas revêtu de mon paraphe ci-contre apposé.

Notice Biographique

sur l'Auteur.

Si parler de soi meme , est par fois ridicule
On doit, dans certains cas, bannir un faux scrupule.

IL m'est permis de fortement douter que beaucoup d'écrivains, et de poëtes surtout, aient jamais été plus que moi en droit de réclamer à justes titres l'indulgence du public. En effet : qui ne se sentirait d'avance favorablement prévenu (1) à l'égard d'un enfant de troupe qui n'a pu cultiver son éducation qu'à travers la poussière des camps, la fumee des bivouacs, la fatigue des marches prodigieuses (2) et le tumulte de nombreux combats ?

---

(1) J'excepte de ce sentiment, ces misérables chez lesquels l'intrigue, l'égoïsme et la jalousie, excluent toute émotion genereuse. Je leur défends même de me l'accorder , car je les méprise trop pour accepter d'eux aucune espece de suffrage.

(2) De l'Ebre au Danube et du Tage à la Moskowa.

La concision qu'exige cet aperçu , ne me permet pas d'entrer pour le moment dans les détails circonstanciés de mon origine ; si dans la publication de mes *Mémoires extraordinaires*, je parle un jour de ma naissance, ce sera beaucoup moins pour me prévaloir d'un vain et souvent stérile avantage , que pour prouver jusqu'où peuvent précipiter les caprices du sort , la bizarrerie des destinées et la rigueur des vicissitudes humaines. Au surplus : mes débuts sur cette terre de tribulations se trouvent indiqués dans un passage de mon chansonnier que je rapporterai ici.

AIR *C'est l'amour , l'amour , etc.*

Aux jours de nos vives alarmes
Je naquis au pied d'un drapeau ,
Si la gloire a pour moi des charmes
C'est l'influence du berceau.

En ouvrant ma paupière
Un regard de fierté
Fixa sur la bannière ,
Le mot de liberté '

Au bivouac
Ou sur le bac
Ma devise
Est FRANCHISE !   } *bis.*
Sans zic-zac
Et sans micmac ,
Je fume mon tabac '

Bref : je n'avais pas encore atteint ma

douzième année, et déjà j'avais découvert
le sommet du Mont Hécla ; quand blesse
à bord de la frégate *la Guerrière*, en
transportant des gargousses pendant le
combat naval que nous eûmes à soutenir
devant les îles Féroée, je fus fait prisonnier
et traîné à Chatam, où je me vis plonge
vivant dans l'entrepont infect de l'affreux
ponton *le Rochester*. Après un séjour
d'environ neuf mois, passes au fond de ce
cachot flottant, ayant eu le bonheur d'être,
par mon jeune âge, considére comme non
combattant, je fus heureusement compris
dans un cartel d'échange, et transporté à
Morlaix sur le Schebeck parlementaire
l'Elisabeth.

Ce fut bientôt après, que m'étant formellement refusé à encourir de nouveau *les petits
désagrémens*, inséparables de la carrière nau-
tique; j'embrassai le service de terre. Je com-
mençai donc ce que j'appelerai *mes études*
sur le continent, avant l'âge de quatorze ans,
en battant la charge à travers les Pyrénées
et le Guipuscoa, où je fus de nouveau blessé.
Avant d'avoir atteint mon troisième lustre,
j'avais fait *mes humanités* sur la route de
Madrid à Wagram, d'où je retournai dans la
Péninsule, pour ne rentier en France qu'au
bruit des cent un coup de canon, qui an-

nonçaient au Peuple Français un événement long-tems désiré.

A peine eus-je assisté aux fêtes et pris part à l'allégresse publique, comme soldat du nouveau-né, (1) que le glorieux dispensateur des destinées européennes jugea malheureusement à propos de m'envoyer, sac au dos, faire *un cours de rhétorique* dans l'antique palais des czars. Enfin, *miraculeusement* echappe, avec deux coups de feu, aux affreux désastres de la plus déplorable des retraites, je n'avais pas encore dix-neuf ans, quand l'honorable duc de Trévise, qui nous commandait depuis le début de cette guerre, m'adressa, des plaines de Lutzen, où je venais encore d'être blessé, au grand quartier imperial de Dresde. Ce fut au milieu de la cour du palais et en presence de S. M. le roi de Saxe, que le grand Napoléon, dans sa

(1) Tambour dans l'ex-garde imperiale, je venais de conduire un détachement de soldats choisis à Valladollid pour l'école de Fontainebleau Comme je me trouvais alors tres-éloigne de mon régiment, on me plaça provisoirement aux pupiles que l'on nommait alors les soldats du Roi de Rome, mais je ne fis qu'un acte d'apparition dans ce corps e tfus incontinent dirigé sur le 5.ᵉ régiment de voltigeur que l'on organisait à Rhuele et qui bientôt apres marcha sur le Niémen par Dunkerque, Bruxelles, Stettin et Kœnisberg.

générosité distributive , daigna jeter sur moi un de ses regards , à la fois scrutateurs et bienveillans. « Accordé. » répondit-il en souriant, au duc de Frioul , qui me présentait. Le jour même , 16 mai 1813 , un décret impérial portait ma nomination d'elève au Prytanée militaire français. Pourquoi faut-il que le surlendemain de cette heureuse journée , j'aie dû éprouver la douleur d'apprendre la mort glorieuse du grand maréchal , de ce même général Duroc, dont la belle âme venait de contribuer si puissamment à l'amélioration de mon sort[1]

Lors de la chute de mon illustre bienfaiteur , si j'ai survécu à ce terrible naufrage, je n'ai dû mon salut qu'à la sollicitude paternelle de l'excellent général d'Albignac, qui provoqua du maréchal Gouvion St.-Cyr , ma réintégration dans les cadres de la nouvelle armée (1). C'est depuis cette époque que , pour compléter ma *bruyante éducation* , j'ai eu l'occasion de suivre en

---

(1) L'ordonnance du 16 juillet 1815 me faisait perdre a la fois mon etat et m'enlevait tout espoir d'être confirme dans la Légion d'Honneur J'etais rentre par le fait dans la position des éleves de St-Cyr que , sous de specieux pretextes , des dispositions iniques venaient de licencier si brutalement.

serre-file un cours de *philosophie expé-
rimentale* qui dure encore aujourd'hui , et
duquel ma perspicacité ne saurait entrevoir
le terme.

Je conçois facilement, qu'un jeune *bri-
gand* (1) de l'ex-garde impériale, qui avait
dejà eté mis deux fois à l'ordre du jour,
et dont le nom fut l'objet d'un décret spe-
cial , dût être delaissé pendant l'execrable
restauration , pour faire place aux creatures
des nouveaux debarques d'outre-mer. Je
comprends encore que , n'ayant ni or à
prodiguer, ni cotillons à prostituer ; malgré
des services *uniques à mon âge* , nonobstant *le massacre de ma compagnie de voltigeurs devant les murs de Cadix* , sans
égard pour ma position *d'eleve de l'ecole
militaire* (2) et sans consideration pour les

_____

(1) Chacun se rappelle sans doute , que c'etait l ai-
mable et grâcieuse epithete dont, dans leurs bachiques
ebats , les privilegiés de l'époque se plaisaient a gra-
tifier si gcnereusement les débris de notre malheureuse
armée ' Ce mot , si plein de bienveillance , était l'honorable stigmate par lequel ces messieurs de la reaction
croyaient devoir designer des hommes qui , pendant
dix , vingt et trente ans, avaient fait a la patrie un
rempart de leur corps

(2) Ma carriere militaire étant desormais totalement
manquee, qu'il me soit permis du moins de presenter
ici une objection.

nombreux travaux , mémoires et projets que j'ai adressés à différentes époques , l'infâme gouvernement déchu, dans son obs-

---

La fondation des ecoles militaires , ayant eu pour but de creer de riches pepinieres , propres à préparer des sujets distingues pour toutes les armes , prouve assez , qu'avant même le siecle de Louis XIV, on avait reconnu l'urgence de piemunir l'armee d'un certain nombre d'officiers pourvus de quelque éducation,, et possedant au moins les élémens du grand art de la guerre Or : je demanderai aujourd'hui à quoi sert à des parens de s'imposer d'énormes sacrifices ? à quoi sert à des orphelins de la gloire, a des jeunes gens instruits et bien élevés , de se cloîtrer et de pâlir des annees entieres à etudier les mathematiques , l'histoire , la litterature, le dessin, la topographie , la statistique, la cosmographie etc , etc ? a quoi leur sert de mediter attentivement Végèce , Polybe et Machiavel ? de commenter Follard, et Roquencourt ? de posséder Fredéric et Cassini ? Si avait d'arriver sous les drapeaux , ils ont la certitude d'être non seulement abandonnes, mais encore abominablement écartés du seul grade qui puisse les mettre en évidence ? (le grade d'adjudant major.) Si enfin   ils doivent se voir condamnés au supplice d'attendre une tardive anciennete et a la mystification de concourir , *à merite egal* , avec *des paysans remplaçants , des volontaires de* LA SAUCE *et des aboyeurs de circonstances* , dont la conduite crapuleuse est souvent moins pitoyable encore que la stupide ineptie! N'est ce pas la une monstrueuse absurdite ?   Le caractere de quiconque le nierait me donnerait envie de vomir!

Soldat j honore le soldat !

Mais franc . J appelle un chat, un chat

curantisme et sa partialité, ait pu persister
opiniâtrement à ce que je demeurasse près
de *vingt ans* confondu en serre-file *derrière
les rangs* de l'armée. J'avais eté assez long-
tems *devant ;* c'est peut-être là ce que M.
Azaïs entend par *des compensations.*

Toutefois, il s'est passé depuis quelques
tems, des choses qui ont étrangement surpris mon imagination et auxquelles, certes,
j'etais fort eloigné de m'attendre.

Je ne puis mieux decrire la situation où je
me trouve placé aujourd'hui, qu'en présen-
tant ici une allégorie dont les rapproche-
mens sont trop sensibles, pour ne pas être
saisis par le lecteur.

On sait qu'à l'epoque fatale où les frag-
mens épars d'une armée naguère admirable,
effectuaient en retraite le passage de la Bé-
rézina; beaucoup de nos malheureux soldats
ayant eu la fatalité de se fourvoyer dans le
dedale inextricable de l'immense forêt de
Minski, un grand nombre de ces militaires
isolés, après avoir été réduits, dans leur
desespoir, à des extrémités que la plume se
refuse à retracer; trouvèrent, au sein de cet
affreux désert, le plus horrible des tombeaux. Un d'entre ces infortunés, accablé
par la fatigue, le froid et l'inanition, errait
isolément parmi ces vastes solitudes, em-

combrées de neiges et d'obstacles. Tout-à-
coup, au milieu de l'obscurité d'une nuit
glaciale, (c'était le 3o novembre 1812) au
moment où ses forces épuisées commençaient
à l'abandonner; il croit apercevoir de loin
une lumière. A cette vue inattendue, son
cœur bondit d'espoir, et son âme qui était
prête à s'exhaler, se ranime soudain. La
lueur s'avance vers lui , l'homme égaré
tressaille de joie , elle passe à ses côtés ,
l'éblouit, ses yeux fascinés l'abusent; déjà il
se croit sauve ; ivre de bonheur, déjà il est
prêt à se prosterner pour témoigner au ciel sa
reconnaissance; mais la clarté l'a dépassé!...
Attéré, il veut crier, il appelle à son secours;
vains efforts, sa voix expire sur ses lèvres ger-
sées, et cependant la lumière s'éloigne!...

Le malheureux frémissant et le regard
inquiet, tourne la tête en tendant les bras!..
que l'on juge de son anxiété : cette apparition qu'il croyait lui devoir être si propice...
cette clarté qu'il supposait si tulelaire !.......
n'était autre chose qu'un feu follet, produit
par les miasmes cadavéreux et balotte par
le vent, à travers les branchages que crista-
lisaient les frimats!

« Ainsi, dans la vie on efface
Jusqu'aux chimères de l'espoir ,

Et l'on charme l'instant qui passe
Par l'instant que l'on croit prévoir. »
Telle est l'exacte métaphore :
Je suis, hélas ! l'infortuné,
J'ai vu le brillant météore,
Et je demeure abandonné !.... (*)

(*) Aujourd'hui que les rapports faits contre moi aux inspecteurs-généraux, et la noirceur des pages qui me concernent, ne me permettant plus de douter des coups terribles qui m'ont été portés par certaines gens ; je ne veux, pour détruire ces monceaux de calomnies, que citer un seul fait, il suffira pour donner la mesure du reste.

Je me souviens qu'un jour (à Bayonne en 1829) , tel personnage que je veux bien m'abstenir de nommer, m'ayant humilié jusqu'au point de m'obliger à lui contester mon abaissement, je lui répliquai avec l'accent d'un dépit concentré « Je ne sache pas qu'il y ait, dans toute l'armée, un seul officier *de mon âge*, qui puisse présenter des titres semblables aux miens » Aussitôt, cette personne que la partialité aveuglait, feignant de ne pas m'entendre, ou plutôt ne voulant pas me comprendre, me répart ironiquement : « Vous êtes modeste .» Cette réponse saugrenue m'annonçait bien un quiproquo ; mais, me défiant des suites d'une plus longue discussion, je jugeai prudent de garder le silence et la chose en resta là.

J'apprends a l'instant, avec un sentiment bien pénible, que mon interlocuteur s'est plû à répandre publiquement, (dans un cabinet de lecture) que je lui avais affirmé, *être le premier officier de l'armée* '.

L'âge, le rang et la position actuelle de mon détracteur, prescrivant à ma délicatesse des ménagemens, je

Mais je termine ici cette trop longue notice, que des circonstances majeures m'ont
forcé à insérer ici. Puissent ceux qui me
liront reconnaître toute la pureté de mon
intention. J'ai voulu profiter de la publication
de cette dernière bluette pour défendre, non
seulement ma cause, mais celle d'une quantité de mes honorables frères d'armes , dont
la congrégation avait prémédité la ruine.

Si du bien général nous étions tous imbus,
Verrait-on , chaque jour , pulluler les abus
Au mépris des devoirs qu'on ôse méconnaître ?
C'est en les signalant qu'ils pourront disparaître;
De leur accroissement nous devons inferer :
Que le plus grand abus , c'est de les tolérer !

me bornerai à me justifier en peu de mots, sans m'e
carter de la modération.

Etre le *premier officier* de l'armée ! Certes , si je
pouvais supposer qu'il y ait dans le monde des hommes
assez vains pour se faire une illusion aussi extrava-
gante, je n'admettrai jamais qu'il y en ait un seul qui
soit assez impudemment sot pour alléguer avec assurance un pareil propos J'ai de moi l'opinion qu'il m'est
permis d'en avoir; mais j'estime beaucoup trop mes
braves camarades , pour m'oublier à ce point envers
eux comme envers moi-même. Au surplus · je suis
persuade que, quiconque a le sens commun , fera de
cette insigne calomnie le cas qu'elle mérite.

Voila pourtant souvent à quoi tient ici bas la réputation et l'avenir d'un honnête homme, voilà la loyauté qui
preside a ses destinées, voila avec quel esprit se rédi-
gent la plupart du tems , *ces notes secretes*, véritable
assassinat moral , d'autant plus épouvantable, qu'il
est interdit à la victime de repousser aucune attaque.

INTRODUCTION.

Ce fut le 15 Juillet 1831, que notre troisième bataillon, dont je fais partie, arriva en présence de la forteresse démantelée où il devait s'établir en garnison. A peine fûmes-nous parvenus sur la crête du rideau qui environne et domine le vaste bassin de Bâle, qu'en portant nos regards vers le Rhin, nos yeux furent d'abord charmés par le riant tableau qu'offrent les environs pittoresques de cette opulente cité. Notre admiration ne pouvait aller qu'en croissant, lorsque nous traversâmes le magnifique village que l'on nomme Bourg-Libre. Mais hélas ! quelle affreuse transition : quand bientôt après nous aperçumes les glacis labourés de la place d'Huningue !

A l'aspect déplorable que présentent les ruines amoncelées de cette héroïque

et malheureuse cité, mon cœur a frémi
d'indignation , mes cheveux se sont cris-
pés et le mouvement convulsif qui s'est
opéré sur mes sens, provoquant soudain
une espèce d'inspiration ; je jetai sur
mon agenda le canevas de ce petit poème.
Cependant, ayant eu l'occasion de reconnaître plus en détail l'état des choses ,
l'exaspération ne tarda pas à succéder
à la douleur et à la timide défiance de
mes forces; j'allai, dans mon illusion,
jusqu'à supposer, que le hazard d'accord
avec la Providence , m'avait appelé sur
ces bords, pour que je coopérasse à célébrer un des faits d'armes les plus éclatans
de nos fastes ; et que , par un juste retour,
accordant à chacun ce qui lui est dû , je
contribuasse à flétrir de ma plume, la plus
lâche comme la plus révoltante des trahisons.

Il faut avoir vu l'état de désolation où
se trouve la malheureuse Huningue ,
pour se faire une idée du vandalisme auquel se sont honteusement abandonnées
les hordes dévastatrices de la Sainte-
Alliance. C'est peu, qu'au mépris des lois

de la guerre, et profitant de la déception,
nos perfides ennemis se soient emparés
presque sans coup férir de cette citadelle,
et qu'une fois maîtres de la place, abusant
indignement de la confiance que pouvait inspirer leur titre d'alliés, ils aient
eu la bassesse d'en détruire les fortifica-
tions. Mais, dans leur rage brutale, en-
hardis par l'impunité que leur garan-
tissait notre détresse, et déshonorant
leurs succès éphémères, ils poussèrent
le dévergondage, jusqu'à démolir et ren-
verser de fond en comble les casernes,
monumens publics et bâtimens de l'Etat,
dont l'ensemble formait environ la moitié
des édifices de cette superbe forteresse.
On observera ici, que ces abominables
excès n'étaient nullement autorisés, ni
par les conditions de la capitulation, ni
même par les stipulations des funestes
traités de 1815.

Si l'on veut éviter de tomber dans une
profonde erreur, il faut bien se garder
de confondre le siége d'Huningue qui eut
lieu lors de la glorieuse campagne de
1814, avec le blocus de cette place dans

l'année suivante. Car tandis que le premier de ces événemens militaires, nous représente tout ce que peut créer en fait de prodiges, l'association généreuse du courage, de la constance et de l'héroïsme ; le second ne nous offre qu'un assemblage révoltant de faiblesse, de turpitude et d'ignominie.... Les résultats de ces deux opérations sont tellement différens, qu'en terme de proportion on peut dire : que le premier de ces sièges est au second, ce que Gênes et Missolonghi, sont à Stettin et Figuières.

A ce sujet, il me serait facile de provoquer aujourd'hui une enquête, sur les lieux mêmes, par laquelle, je prouverais jusqu'à l'évidence la plus complète, l'existence du crime de haute trahison ; je pourrais parvenir ainsi à faire déchirer de notre histoire, quelques pages éminemment mensongères ; l'Autriche, l'Alsace, la Bavière, la Suisse et le grand duché de Bade, possèdent encore en ce moment un grand nombre de témoins occulaires des faits à charge, contre le gouvernement d'HUNINGUE pendant la seconde invasion. Mais le séjour des tombeaux est un asile sacré, la délicatesse me commande de le respecter et je n'irai pas plus loin. D'ailleurs la Providence semble s'être chargée du soin de venger la patrie, car la plupart des misérables qui l'ont si abominablement trahie, paraissent avoir suffisamment expié leurs lâches forfaits, en succombant en proie à d'horribles langueurs et déchirés par la cruelle agonie des remords !

Les notions historiques relatives au poeme, et qui accompagnent cette brochure, sont d'autant plus dignes de fixer la confiance et l'attention du public ; qu'elles ont été puisées dans les ruines d'Huningue, parmi les chroniques locales de l'époque, dans des ouvrages imprimés chez l'étranger, sur les journaux du siège et d'après des documens recueillis sur les attestations unanimes d'une foule de personnes recommandables. J'ajouterai que ces renseignemens m'ont, pour la plupart, été fournis par les autorités civiles et militaires, qui ayant figuré en même tems comme

---

acteurs et témoins du grand drame, portent sur leurs nobles poitrines, l'emblême de leurs sentimens.

Cet opuscule, composé depuis plus de six mois, aurait paru vers la fin de l'an dernier, si les funestes événemens de Lyon, qui nous ont mis en mouvement, et l'attente continuelle d'une réponse, de la part d'un Maréchal français, auquel j'avais cru devoir dédier mon ouvrage, ne m'avaient contraint à en différer la publication. (1)

Sur ces entrefaites, un incident déplorable, m'ayant forcé de me rendre en toute hâte à Paris; je ne tardai pas à m'apercevoir que l'infâme congrégation y avait circonvenu presque toutes les autorités; que le pouvoir sur l'appui duquel j'avais confiance, était entouré de mes plus cruels ennemis, et que, dès lors, je devais m'attendre à tout en fait

(1) Le silence que l'on a gardé envers moi dans cette circonstance, m'a déterminé à chercher une autre destination On verra par la notice qui concerne l'honorable général LECOURBE, que nul n'était plus digne de mon offrande. D'un autre côté, attendu que ce personnage est décédé depuis de longues années, la perfide médisance, ne pourra pas du moins me taxer de flatterie.

de persécution. C'est ainsi qu'arraché du tombeau de ma malheureuse mère, avant qu'il fut entièrement fermé ; je me vis impitoyablement traîné dans les prisons de l'Abbaye, d'où je reçus en sortant l'ordre très-exprès de quitter la capitale dans les 24 heures !..... Je ne doute pas que les partisans des menées occultes qui préparaient le coup de main *légitimo-républico-anarchique*, n'aient vu en moi qu'un soldat vigilant, qu'il convenait d'écarter, et que *ces honnêtes gens* m'aient dépeint à notre brave ministre, comme si j'eusse été un homme dangereux et un lâche conspirateur.

Je finis cette introduction en demandant grâce à la censure, pour quelques expressions techniques et quelques émistiches didactiques que l'on rencontrera dans le cours de ce petit poeme. Au surplus, le lecteur comprendra parfaitement, qu'il est impossible de peindre la guerre avec le style de l'idylle, et que, pour rendre une action militaire avec vérité, il faut nécessairement employer des teintes chaudes et des termes de l'art.

****

HOMMAGE

A LA MÉMOIRE

DU

VERTUEUX GÉNÉRAL LECOURBE.

———

Toi qui sus egaler Belisaire et Socrate,
Magnanime heros [1] dont le fier autocrate
Dédaigna d'accueillir et d'honorer l'abord   (1)
Ma lyre, à ta mémoire offre un modeste accord
Quand du Czar l'ombre errante à son tour méprisée
Humble, rampe a tes pieds aux champs de l'Élysée,
Le burin de l'histoire, avec sévérité,
Trace à chacun son rang dans la postérite,
Et si Tilsit rappelle un prince ingrat et fourbe   (2)
Les siècles salueront le beau nom de LECOURBE. [1]

———

NOTA Pour eviter la confusion, les notes explicatives qui se
rapportent aux renvois, ont été placées a la fin du poeme

HUNINGUE.

ODE.

Prenant pour armes le Phénix,
Elle renaîtra de ses cendres

Phébus, pour m'élever à l'ode,
Lance sur moi quelques rayons !
Clio, j'esquisse un épisode,
Prête-moi tes mâles crayons.
Mais, Liberté sainte et chérie !
O' toi surtout, pour ma patrie,
Viens m'inspirer d'un noble orgueil !
Tout ici retrace l'histoire
De ces tems qui font notre gloire,
Nos triomphes et notre deuil !....

Du sein de ces tristes ruines ,
Qu'aperçois-je de toutes parts ?
Des fossés comblés que les mines
Ont mis au niveau des remparts !
Des façades encor dardées
Que la secousse a lézardées ,
Des édifices démolis :
Des décombres, des funérailles ,
Des monceaux, des pans de murailles ,
Par la tempête ensevelis !

D'ABBATUCCI , cet obélisque
Présente le nom sur l'airain ! (3)
Ces myrtes, ces lilas en disque
Couvrent les cendres de CHÉRAIN ! (4)
Héros , vers les rivages sombres ,
Quand se rencontrèrent vos ombres ,
Elles auront dû s'accueillir :
Car , ceux que la gloire rassemble ,
Heureux de se revoir ensemble ,
Au tombeau doivent tressaillir !

Preux guerriers , qui toujours fideles ,
Dans nos camps avez mérité :

Il est encore d'autres modèles
Qu'accepte la postérité.
Ici, Pinot , bravant la foudre ,
Voyant tomber Huningue en poudre
Exigeait un dernier effort ! (5)
Là, Marmier de son or prodigue,
Savait opposer une digue
Où se brisaient les coups du sort ! (6)

Vous aussi qui, dans cette place ,
Avez pris part à ces hauts faits;
Lentz et Chancel , fils de l'Alsace ,
Honorez le nom de Français ! (7)
Solmon, Bignon , votre courage
A su nous venger d'un outrage
Infligé par de grands revers :
Rivaux que la France contemple,
A la gloire elle erige un temple
Dont les murs vous seront ouverts !

Quand les frimats inexorables
Paralysèrent la valeur ,
On vit des hordes exécrables
Insulter à notre malheur !

Ces rois que jugera l'histoire
Abusant d'un jour de victoire (8)
Contre eux ont prononce l'arrêt ;
En vain leur pieuse attitude
Déguiserait leur turpitude :
Des destins j'attends le décret !.....

Peindrai-je notre citadelle
Au centre de camps barraqués ;
Et pendant trois mois, autour d'elle,
Cent cinquante canons braques !
Trois mois l'ennemi bat la place,
Ses boulets franchissant l'espace
Frappent de plein fouet dans le bloc ;
Mais à quoi servent leurs étreintes ?
Ils tombent sans laisser d'empreintes
Que celle du fer sur le roc ? (9)

Chaque soir à l'heure où Diane
Semble encore chercher son amant,
Lorsque son flambeau diaphane
Brille au sommet du firmament ;
Soudain la bombe en parabole,
L'obus qui rebondit et vole

Croisaient leurs sillons furieux ;
Quand sur la muraille assaillie ,
D'un bon mot l'heureuse saillie
Narguait l'embrasement des cieux ! (10)

Ah ! comment peindre l'héroïsme
Des guerriers jour et nuit luttant?
Et célébrer le stoïcisme
Que déploya chaque habitant ?
Montrer nos soldats magnanimes ,
Unissant leurs efforts sublimes !
Et , dans un affreux dénûment ;
Ces spectres errans et livides ,
Qui de périls toujours avides ,
Prouvaient encore leur dévoûment ! (11)

C'est ainsi qu'au blocus de Gènes
Nos braves naguère ont agi !
Et depuis les vaillans Hellènes
Dans les murs de Missolonghi !
C'est ainsi que , lorsque notre âme
Eprouve une divine flamme
Et d'un amour sacré le feu ;
L'abnegation est entiere :

On prend l'attitude altière !
Tout sacrifice n'est qu'un jeu.

De même **Praga**, Varsovie !
Qu'opprimait le tyran du Nord,
Refoulent jusqu'en Moscovie
Ses esclaves, de prime abord ;
Deux chefs rappelés, par ukaze,
Des Balcans et du Mont Caucase,
Voient leur projet déconcerté ;
Honneur à vous, nobles Sarmates !
Qui, vous soulevant, vous armâtes
Aux accens de la Liberté !

Reconnaissance à qui protège
La patrie aux jours du danger !
Opprobre à l'infâme cortège
De traîtres, guidant l'étranger !....
Mais aujourd'hui, sous les auspices,
Liberté ! les temps sont propices,
Il nous est permis d'espérer :
Huninguois, dont la cause est sainte ;
Un preux a dit dans votre enceinte :
C'est une honte a réparer ! (12)

Oui ! nous en acceptons l'augure ;
Indignés d'un joug déloyal,
Pour laver et venger l'injure
Nous n'attendons que le signal !
Faut-il apparaître et convaincre ?
Faut-il repousser ? faut-il vaincre ?
L'armée a compris son mandat ! (13)
Parle, ô mon Roi ! sans plus attendre,
Pour t'obéir et te défendre :
Tout citoyen devient soldat ! (14)

Que dis-je ? au loin j'entends Eole,
Il gronde et l'aquilon jaloux :
Pour éclipser notre auréole
Trouble les cieux dans son courroux !
Avec dédain je vois sa rage,
Que pourrait contre nous l'orage ?
La Liberté prend son élan !....
Tremblez ! oppresseurs de la terre
Un gouffre, entrouvrant son cratère,
Creuse sous vos pas le néant ! (15)

Prosternez-vous, peuples du monde !
Saluez le jour solennel ,

D'où commence une ère feconde
Dont le cours doit être éternel !
Dieu ! par ta clémence infinie,
Mets un terme à la tyrannie
De ces despotes abhorrés !
Prononce sur eux l'anathème
Et pour confondre leur système :
Dirige nos drapeaux sacres '

Ingrats, vous dont la main hardie
Concourut à nous désoler '
Vous, dont la lâche perfidie
Poussa les soldats de Zoller ! (16)
Huningue aujourd'hui languissante,
Bientôt formidable et puissante
Doit renaître à des jours plus purs ;
Et si, par calcul ou par brigue,
Vous secondiez encore la ligue :
Nous l'écraserions dans vos murs !

NOTES EXPLICATIVES

POUR SERVIR A L'INTELLIGENCE DU POEME.

---

(1) Magnanime heros [1] dont le fier autocrate
Dédaigna d'accueillir et d'honorer l'abord

Aucun chef de notre ancienne armée n'avait plus a se plaindre
du gouvernement impérial, que l'honorable général LECOURBE,
néanmoins son âme sut s'élever a la hauteur de l'infortuné guerrier romain, tant par son inalterable fidelité a Napoleon, que
par son entier devoûment a la patrie Sa mort fut peut-être
plus admirable encore que celle du sage de la Grece
   Alexandre qui ne pouvait lui pardonner d'avoir détruit le
prestige dont cherchait a s'environner le vieux Suvarow, reso-
lut de s'en venger en affectant de dédaigner le vainqueur de
Gliris et le vaillant defenseur de l'Alsace Combien de ces grands
princes seraient petits si l'on retournait le microscope de l'a-
dulation

(2) Et si Tilsit rappelle un prince ingrat et fourbe :

   Qui aurait pu prévoir que cet Empereur de Russie si sou-
mis et si affectueux sur le radeau du Niemen, ce Czar, apres
tant de protestations amicales, après avoir imploré deux fois
la clémence de Napoleon, mendié et obtenu de lui tant de
bienfaits, pourrait consentir un jour non seulement a violer
ses promesses, mais encore a trahir lachement l'amitié et la foi
juree en participant au cruel homicide de Ste-Hélene ?

(3) Les siecles salueront le beau nom de LECOURBE [1]

   CLAUDE JACQUES LECOURBE, naquit en 1762, dans une des
cites qui avoisinent les montagnes du Jura, sa gloire est fondee
sur une quantite d'actions heroïques, de marches savantes et de
combats multipliés, exécutés avec l'audace du soldat et le
genie du capitaine Plein d'ardeur et de sagacite, sa valeur
comme ses talens sont au dessus de tous eloges ainsi que
Ney, ses troupes l'avaient surnommé le brave des braves Il

offre à tous ceux qui parcourent la carrière des armes, un modele accompli de l'art militaire, un de ces guerriers que chérit la victoire, et dont le coup-d œil juste et rapide, la sage prevoyance, l inconcevable activité et la noble persévérance, font le destin des batailles Dans les combats, toujours present au poste le plus périlleux, c est souvent par son bouillant courage qu'il parvenait a remporter les succes Au surplus tout ce que l on pourrait ajouter à la louange de ce celebre général se trouve renfermé dans le quatrin suivant composé a l'epoque de notre premiere révolution ou, a la tête de 9,000 hommes il parvint a faire 35,000 prisonniers et a arrêter court, au pied des Alpes, les armées russes qui s'avançaient a grand pas pour envahir la république

> Par trop d emportement, sujet a se méprendre,
> Suwarow vers Paris prenait son chemin *droit*,
> Quand battu pres de Glaris, chacun dans cet endroit,
> Lui dit C etait *Lecourbe*, ami, qu il fallait prendre

Long temps disgrâcié, pour cause de son devoûment a Moreau, le géneral LECOURBE ne fût rappelé par Napoléon qu à l'époque ou l Empereur, qu'alarmait les dangers de la patrie, reconnut l'urgence d'opposer aux masses ennemies des hommes d une réputation et d'un mérite transcendants Notre héros fut un des premiers sur lesquels le grand homme jeta les yeux Les dangers qui menaçaient la France eteignirent en eux toute espece de ressentiment, et l'on va voir si la confiance du prince était bien placée

La veille de l'invasion de 1815, le brave LECOURBE voulant passer en revue son petit corps d armée d'observation du Jura, composé de moins de 6,000 hommes, l'avait réuni dans un champ en avant de Bourg-Libre et a portée de fusil des avant postes de l ennemi Au moment ou notre général procedait a la distribution des aigles, un courrier arrivant de l intérieur a franc-étrier, se présente a lui et lui remet une depêche, dont la célérité présageait l'importance Briser le cachet et parcourir le contenu de la missive, fut aussi prompt que la pensee hélas ! c'était l'affreux bulletin des desastres de Waterloo !

Cependant, aussi profond politique, que militaire experimente, le judicieux LECOURBE a compris soudain toute l importance de garder le secret sur ces déplorables évenemens Vainement les soldats cherchaient n lire sur les traits de leur adroit

genéral , la nature des nouvelles qu'il venait de recevoir, LE-
COURBE affectant aussitôt un air de gaîte , enfonce le paquet
dans sa poche , puis, tout-a-coup, brandissant et élevant avec
energie l aigle du 102e, restee dans ses bras « *Vive l empereur !*
s'ecria t-il avec transport, « *Vive l empereur ! mes amis, il*
«*compte sur nous, nous serons tous dignes de sa confiance !* »
Oui ! oui !! repeterent avec enthousiasme nos jeunes phalanges,
et les cris prolonges de *vive l'empereur !* et *vive notre brave*
genéral ! emportés par le vent a travers le camp des allies,
furent retentir jusque dans les profondes vallees de la Suisse et
sur les verdoyans coteaux du Marquisat O peintres ! qui cher-
chez des sujets de tableaux , que n'étiez vous là dans ce moment sublime ?

Le lendemain de cette scene electrisante, peu s en fallut que
LECOURBE ne fut surpris dans ses cantonnemens Comment au-
rait-il pu supposer que l'ennemi parviendrait a penetrer jusqu'a
lui , en passant sous les glacis d'HUNINGUE , sans que cette
place n eut donné le signal du mouvement, par son canon d a-
larme ? Tant il est vrai, qu un mortel genereux se refuse a
prévoir de semblables forfaits ! Que dis-je ? Non-seulement
la place était vendue, mais encore , les troupes qui étaient en
rase campagne, comprises dans les conditions de cette trahison,
devaient être surprises et livrées L'habileté de leur chef vigilant,
sut heureusement les tirer de ce mauvais pas

On dit communement et par ironie faire quatorze lieues en
quinze jours . Cette plaisanterie ne doit plus être consideree
comme une hyperbole, depuis que le genéral LECOURBE est parvenu a rencherir encore sur ce dit on , en obligeant les masses
formidables des allies, *a mettre quatorze jours pour effectuer le*
mince trajet de douze lieues , qui separent la forteresse d'Huningue de la place de Belfort, bien que notre Leonidas n'eut a
leur opposer que quelques détachemens de jeunes conscrits

Cet homme vertueux, dont la belle ame était navrée par les
malheurs de la patrie , se retira silencieusement a Belfort ,
après la seconde invasion Son seul désir etait d y jouir en paix
d'un repos si cherement acquis , mais les miserables de la
reaction en avaient décidé autrement Jaloux de ternir toutes
nos gloires , ils ne tarderent pas a adresser a ce genéral un
ordre par lequel il lui était enjoint de comparaître au jugement
de l'infortuné MOUTON-DUVERNET Mais a l'exemple de

3.

l'honorable duc de Conegliano , cette injonction l'indigna , et
des lors , s'étant refusé a prendre aucune espèce d'alimens ,
il mourut peu de jours apres, accablé par le désespoir. Pendant
le trajet que parcourut son cercueil , des soldats étrangers
ayant entendu prononcer son nom , se prosternèrent au devant
de son triste convoi

(3 bis.) D'Abbatucci cet obélisque
Présente le nom sur l'airain !

A peine agé de 26 ans et deja l émule des plus illustres
capitaines, le vaillant Abbatucci, général commandant a l'armee
de Rhin et Moselle, termina sa glorieuse mais trop courte car
riere , en 1796, en defendant l'epee a la main , la tête du
pont d Huningue. Ce brave tomba et expira dans les bras
du capitaine d'artillerie Foy, devenu depuis si brillant militaire
et si celebre orateur

En entiant a Huningue , on remarque a l'avancée de cette
place un monument que le général Moreau avait d abord fait
eriger pres du Rhin , a la mémoire du général Abbatucci
Ce tombeau détruit de fond en comble en 1815, par les ignobles
fedéres Balois et les serviles sicaires de la Sainte-Alliance ,
a ete remplacé depuis par un obélisque en granit , dont la reconnaissance et le patriotisme des braves habitans de l'Alsace
ont produit de souscription

(4) Ces myrtes , ces lilas en disque ,
Couvient les cendres de Cherain !

Digne frère d'armes d'Abbatucci , officier aussi instruit
qu'expérimenté , Cherain, general de division, chef de l'état-
major général de l armee du Danube , mourut au champ
d'honneur , devant Zurich , a l'âge de 34 ans , le 25
prairial an VII Ses dépouilles mortelles furent recueillies
et inhumees sous la protection des remparts d'Huningue
un berceau de myrte et de lilas recouvre sa pierre tumulaire

(5) Ici Pinot , bravant la foudre , etc.

Le colonel du génie Pinot , aujourd'hui directeur a Mont-
pellier, commandait en cette qualité les travaux de la place
d Huningue Dans une assemblée en conseil de guerre, ou
l munition , les malades et l'epuisement de la garnison, por-

taient a agiter la question de capituler· « *Que dites-vous* ' s'écria
avec véhémence le stoïque ingénieur, *ignorez-vous donc qu'il*
« *nous reste encore* DU CUIR ET DE L'HERBE ! · ، »

Cette sortie énergique et sublime, opéra sur les esprits une
heureuse diversion, la question d'entrer en négociations fut
rejetée a l'unanimité, et notre glorieuse citadelle, eut le mérite
de n'ouvrir ses portes qu'au gouvernement adopté par les re-
présentans de la nation Qui oserait tenter d asservir un pays
ou l'on rencontre de pareils hommes ?

Pour bien se pénétrer de l'énorme différence qui existe entre
la position d'HUNINGUE, pendant le premier blocus, et des
ressources considérables que présentait cette place a l'époque
de la seconde invasion, il convient de remarquer, que, comme
je l'ai déja dit à la page 16 de l'introduction, cette citadelle
se trouvait vers la fin de 1813, entièrement prise au depourvu
et dans un état complet de dénûment, ce qui ne l empêcha
pas neanmoins, de repousser toutes les attaques, toutes les
sujestions, de n'entrer dans aucunes négociations et de résis-
ter opiniâtrement pendant près de quatre mois, aux efforts des
armées alliées En 1815, au contraire, malgré que ses magasins eussent été abondamment remplis, malgré que sa garnison présentât un effectif de combattans valides, beaucoup plus
que suffisant pour la défendre, malgré que ses remparts et ses
arsenaux fussent garnis de pres de 200 bouches a feu de
divers calibres, tels que mortiers, obusiers et pieces de siege
nonobstant une immense quantité de munitions de guerre de
toutes especes, cela n'empêcha pas moins qu'elle fut livrée
presque sans coup ferir

On porte a plus d'un millier, (*die festung Huningen*), le
nombre de chariots et de voitures, qui furent employés a
transporter a Klagenfurst, la quantité prodigieuse de matériel,
d'armes, bombes, boulets, de poudres, vivres, vins, riz,
eaux-de-vie, légumes, en un mot munitions de guerre et
provisions de bouche de toutes sortes, enlevées de notre
malheureuse citadelle, a la suite de cette déplorable capitulation

(6) La, MARMIER, de son or prodigue, etc.

Le noble et genereux comte de MARMIER, le même qui commande en ce moment la 1 re légion de la brave garde nationale
parisienne et qui, depute de la Haute-Saône, siege en ce mo-

ment a la Chambre , était en 1813 chambellan de l'empereur Napoléon.

Investi de la confiance de son maître, confiance dont nul n'était plus digne, il accourt en Franche-Comte , ou les approches de l'invasion occasionaient de vives alarmes Sa presence au sein d'une province dont il est affectionné, ranime les courages, et profitant adroitement de l énergie qu'elle fait naître, on le voit lever et organiser a l'improviste, un magnifique bataillon de 1000 hommes , volontaires nationaux , a la tête duquel , il vole renforcer la garnison d'Huningue et cooperer a la défense de nos frontieres men cees Si tous les courtisans etaient doues d'un aussi beau caractere , le trône qu'ils entoureraient serait a jamais inebranlable

Bref obligé de rendre ces notes concises, j ajouterai en peu de mots que les preuves de courage, d humanite, de grandeur d'ame et de desinteressement, que l'honorable M ^{r} de MARMIER a donnees, pendant le cours de cette campagne mémorable, lui ont merite la reconnaissance et l admiration de tout ce qui porte un cœur Francais Je ne fais ici que repeter les échos de cent lieues a la ronde Ce témoignage est celui des rives du Doubs, de la Saône ainsi que des Haut et Bas-Rhin ou j'ai eu l occasion de m'entretenir avec ses anciens compagnons d'armes

(7) LENTZ et CHANCEL , fils de l'Alsace , Honorez le nom de Français [1]

MM LENTZ, chef du bataillon des gardes nationales du Bas Rhin , BUTTARD , idem du Haut-Rhin , ASPELLY , major du 7e leger , et CHANCEL , colonel commandant d'armes d'Huningul , se sont, chacun selon leurs attributions, couverts de gloire On n'apprendra pas sans satisfaction, que ce siege memorable , fut en grande partie soutenu par les milices civiles , volontaires de la Haute-Saône et des departemens sus-cites Que faut-il de plus, pour prouver ce que l'on peut attendre de nos citoyens-soldats ? D'ailleurs les évenemens de Paris et de la Vendee , beaucoup plus recens , parlent assez haut pour repondre victorieusement a de plats detracteurs

SOLMON , BIGNON , votre courage etc

J'ai lu les états de services délivres a M le capitaine SOLMON , par le conseil d administration de son regiment , et je

puis affirmer que tres peu de militaires de son âge pourraient
en présenter d'aussi recommandables

Deja comme officier d'élite, M Adrien SOLMON, trepane a
Wagram et qui avait failli perdre un bras a Culm, jouissait
dans son corps, d'une réputation de bravoure depuis long-tems
meritée Je ne rapporterai ici qu'un dernier trait de sa vie
belliqueuse

Les Austro-Bavarois étant parvenus a s'emparer de plusieurs
postes qui avoisinaient la place d'Huningue, dont ils resser
raient chaque jour le rayon de blocus et insultaient continuellement les ouvrages avancés, le capitaine SOLMON, commandant
la 3 e compagnie de carabiniers du 7 e leger, irrite par cet
excès d'audace, revendiqua l'honneur de marcher pour la
punir Sa demande ayant été accueillie, on le voit aussitôt
franchir l'enceinte a la tete de ses vaillans carabiniers et d'un
faible détachement du 100e de ligne Tout plie et fuit a son
approche, cette poignée de braves, s'elance au pas de course
et a la baionnette sur les retranchemens de la tour a Machicoulis, ou l'ennemi avait reuni des forces considerables, le nom
bre, bien que decuple, cede a l'effroi qu'inspire la valeur, et
cette position formidable est enlevee d'emblee Habile a profiter
d'un premier succes ainsi que de l'enthousiasme qu'il excite
et de la terreur qu'il repand, l'intrepide SOLMON, dirige
sur-le-champ une seconde attaque vers le moulin de la frontiere, qu'il emporte avec la même impetuosité, balayant tout
ce qui se presente devant lui, jusque dans les jardins des
faubourgs de Bâle

Le destin des combats, aurait du respecter un aussi brillant
courage, mais, au moment ou des succes complets couronnaient ses entreprises, notre valeureux capitaine fut atteint
d'un coup de feu qui lui fracassa la cuisse Il est a regretter que
la gravité de cette blessure, ait privé depuis l'armee, d'un de
ses officiers les plus estimables

Le lieutenant BIGNON, du 14e de chasseurs a cheval, seul
officier de son arme enfermé dans la place, se promenait un
jour sur les glacis d'Huningue, quelqu un lui ayant conseillé
de se retirer, attendu que les avant postes ennemis paraissaient
l observer « Ils m observent ? repondit-il avec dedain, *eh*
« *bien! je ferai plus, car je pretends aller prendre leur si*
« *gnalement* » A ces mots il met le sabre a la main, pique

des deux , part au triple galop et , salué par une vive fusillade,
revient au bout de quelques instans , apres avoir balafré , dé-
sarmé et dispersé tout un poste bavarois J ai su que l'année
suivante , ce brave avait succombe au champ d'honneur de
Mont-St-Jean , ou on l avait vu faire dans diverses charges ,
les actions les plus éclatantes

(8) Ces rois , que jugera l'histoire ,
     Abusant d'un jour de victoire ,
     Contre eux ont prononcé l'arrêt '

La conduite que les souverains de la Sainte-Alliance ont
tenue en 1815 , envers celui qui les avait tant de fois ménagés,
prouve assez aux peuples , ce qu'ils etaient en droit d'attendre
d eux , et les dangers dont l'Europe civilisée était menacée ,
dans le cas ou le perfide systeme des Metternich, des Polignac,
des Wellington et des Labourdonnaye serait parvenu a predo-
miner dans cette partie du Monde L'affreux homicide de Ste-
Helene , reclame une vengeance proportionnée a l'enormité du
crime Que pourraient alleguer ces monstres , pour leur justi
fication ? En effet quel fut le tort de leur victime ? si non ,
d'avoir peut-etre trop aimé sa patrie et d avoir eu trop de
confiance dans la justice de sa cause '

Le grand homme , serait probablement encore bien paisible
dans son exil a Porto-Férajo , si les puissances de la coalition,
n avaient pas eu la bassesse et la deloyauté de violer , a son
égard , des engagemens pris a la face du ciel et des hommes ,
et si leurs ignobles sicaires, ne s'etaient pas abominablement
complus a humilier le nom Francais , a opprimer la nation et
a fletrir la gloire de nos armes. Les misérables '   les
infâmes ' '   Mais le tems approche de jour en jour , ou les
peuples vont a leur tour prononcer contre ces tyrans hypocrites
la peine terrible du talion '   C'est devant ce tribunal auguste
et suprême , dont ils osent impudemment profaner les auspices , c'est en presence du Dieu qu ils ont outragé que ces
princes félons et ces vils renégats , seront bientôt responsa-
bles '   Et vous, mortels généreux, nobles citoyens de tous les
pays , esperons, que la mort du jeune duc de Reischtadt, sera
le dernier de leurs attentats '

(9) Ils tombent sans laisser d'empreintes
     Que celle du fer sur le roc ?

Les remparts d Huningue , éleves d'apres les plans du

célebre VAUBAN, furent construits en briques recuites, de trois
pouces d'épaisseur sur six de hauteur et neuf de longueur
Rien ne pouvait parvenir a les endommager, deux années de
siége consécutif, en employant le plus gros calibre, n auraient
pas suffi pour y ouvrir une brèche praticable J'ai remarqué
dans les fossés, d'enormes éclats de projectiles brisés, tandis qu'on distinguait à peine sui la muraille, la légère trace de
leur commotion

    (10) Quand sur la muraille assaillic,
        D'un bon mot l'heureuse saillie
        Narguait l'embrasement des cieux [1]

Pour se faire une idée du déluge de projectiles dont l ennemi
a inondé la place d'HUNINGUE, il suffira de savoir que le seul
cadran de l horloge dont la surface présente environ un me-
tre de développement, a eté ciblé par plusieurs coups de
boulets Le feu que les assaillans dirigeaient sur la ville était
tellement vif, que dans l obscurité de la nuit, le bombarde-
ment représentait sans interruption une gerbe d artifice eu jets
concentrés Dans le commencement du siége, des bombes et des
boulets ayant ébranlé la voûte et fracassé le portail de l'eglise,
pendant l'office, nos soldats disaient plaisamment que *la Sainte-
Alliance*, jalouse de celebrer son culte et ne pouvant assister
en masse a la céremonie, se contentut d'envoyer a Dieu *une
députation en parlementaire*

    (11) Ces spectres errans et livides,
        Qui de périls toujours avides,
        Prouvaient encor leur dévoûment [1]

Au moment de la premiere invasion, HUNINGUE entierement
prise au dépourvu, n'eut que le tems de fermer ses portes Le
dénûment était tel, que les magasins ne renfermaient pas pour
huit jours de vivres, elle n'en eût pas moins la gloire de resis-
ter pendant pres de quatre mois aux efforts multipliés d'un
coips de 60,000 hommes. Au surplus, on pourra juger de la
position perplexe ou elle se trouvait, par les explications de la
note 5 et par les détails ci-apres

Sur 2514 hommes qui composaient l effectif de la garnison
d HUNINGUE au mois de decembre 1813, en moins de trois
mois de tems, la situation de sa force numerique se trouvait être

réduite a 415 combattans , c'est-a-dire , de plus des cinq
sixiemes , savoir 226 hommes avaient escaladé les remparts
pour se soustraire aux horreurs de la famine , 545 avaient eté
tués ou etaient morts par les suites du typhus , 428 convales-
cens , semblables a des fantômes ambulans , mais beaucoup
trop fuibles pour reprendre les armes , erraient ça et la dans
les rues , en s'appuyant sur des batons et se cramponnant aux
murailles Enfin , environ 900 blessés et fiévreux , cadavres
épuisés par l manition et les miasmes atmospheriques, auxquels
il restait a peine un souffle de vie , gissant de toutes parts , en-
combraient l'hôpital , les casemates , les greniers , les caves ,
les cours , les jardins et les habitations de cette petite forteresse J'omettais de dire que tous les animaux domestiques,
jusques aux rats et aux plus degoutans reptiles avaient été
sacrifies a la fam

De même qu'au blocus de GENES , soutenu par Masséna en
l'an X de la republique , au siege d HUNINGUE , en 1814, la
mortalite était a son comble Les forces physiques de nos malheureux soldats etaient epuisees a un tel degre , que chaque
jour , on evacuait les corps morts par tombereaux combles
Neanmoins , on remarquait encore , parmi ces squelettes mou-
vans, une espece de puissance galvanique de l ame , qui faisait
pour ainsi-dire , survivre le moral et les portait a enfanter
encore des prodiges On m a allegué avoir vu de ces moribonds
désesperes , expirer en posant la lance a feu sur l etoupille
d'une piece de canon , et répandre ainsi le carnage et la mort
au milieu des rangs ennemis , plusieurs secondes apres avou
cesse d'exister eux mêmes

Tout le monde sait , que l artifice combiné des étoupilles ,
ne communique souvent le feu a la charge , que 8 ou 10 secondes apres l action de l'embrasement et qu'ensuite , il ne faut
guere moins de tems au projectile pour parcourir la distance et
produire son effet

> Et celébrer le stoicisme
> Que deploya chaque habitant ?

Le laconisme que reclament ces notices , se refusant a ce que
je leur donne une plus grande extension , je serai forcé malgre
moi , de passer sous silence une quantité de ces actions admi-
rables , du genre de celles qui enrichissent deja nos fastes , et

dont, a l epoque que je retrace ici , ce point de la Haute-Alsace fut principalement le theatre. Néanmoins , comme il convient d en donner un apercu , je vais me borner a en rapporter quelques-uns

Je passerai rapidement sur le tableau que nous represente une population entiere animée d'un même sentiment, partageant jour et nuit les fatigues , les dangers et les privations de la garnison , a laquelle les femmes , les enfans et les vieillards , prodiguaient leurs soins et leurs secours , jusque sur les remparts , ou on les voyait , meprisant le danger , aider de leurs bras et transporter avec activite toutes especes de munitions J'aborde donc en peu de mots , le recit de deux ou trois faits

Entre une multitude d'actions d'éclat et de traits remarquables , on cite particulierement la vaillante conduite d'un garde national du Bas-Rhin , nomme Muller , qui , ancien braconnier , tirait avec une précision tellement effrayante , qu a une distance plus ou moins eloignee , a chaque coup de fusil [1] abattait sa victime

Cet homme, aussi intrepide soldat qu'adroit tireur, exécutait a lui *seul* de frequentes sorties et ne rentrait jamais dans la place sans avoir immole un certain nombre d'ennemis Enfin son adresse était parvenue a inspirer tant d'effroi aux allies , qu aussitôt que leurs avant-postes l'apercevaient, ils le saluaient d'une décharge genérale et s'enfuyaient a la debandade, non sans laisser quelques-uns des leurs etendus sur la place Par malheur, notre valeureux champion s etant presenté sur l'arene, un jour ou il etait pris de boisson, les assiégeans s'en apercurent, devinrent plus hardis , l'entoureient et le massacrerent

CHENEBRARD , ancien maitre armurier, retire a HUNINGUE, commandait en qualite de lieutenant, l'artillerie de la garde nationale Dans un moment ou il était a surveiller l'action de la batterie du grand cavalier , on accourt le prévenir qu'une bombe tombee sur sa maison , venait d'y mettre le feu Son habitation etait situee immediatement au bas du talus, il n'y avait pas cent pas a faire pour y porter des secours « *Tant* « *pis* , repond froidement l'impassible artilleur, *mais elle* « *peut brûler , car je suis ici a un poste ou je n'ai pas le* « *tems de m occuper de ce qui se passe ailleurs* [1] « A ces mots, il prend posement sa prise et se retourne pour rectifier le pointage d'un obusier CHENEBRARD qui , joint a ses qualités

militaires, avait des services recommandables, vient d'être
décoré de l'étoile des braves, par un prince digne apprécia-
teur du véritable mérite

RIETTER, également citoyen d'HUNINGUE et capitaine de la
compagnie de pompiers, instruit de l'événement et apprenant
cette reponse toute spartiate, vole a la maison menacée qu'il
parvient a préserver des flammes. Au même instant, des bombes ayant embrasé l'hôpital militaire encombré de malades,
RIETTER s'y transporte avec célérité a la tête de ses pompiers
Toutefois, l'ennemi qui s'aperçoit des efforts opérés pour
arrêter les progres du mal, redouble son feu, une grêle de
projectilcs de toutes especes, est lancée sur ce bâtiment, dans
moins de cinq minutes, deux des pompes sont brisées et les
hommes qui les servaient se voient criblés ou ensevelis sous les
écroulemens Le généreux RIETTER dont rien ne saurait ralen-
tir le zele et le courage, continue a fonctionner avec la seule
pompe qui lui restait et n'abandonne cette scène de désastre
et d'horreur, qu'apres s'être rendu entierement maître de l'in-
cendie, et avoir dégagé ceux de ses pompiers qui étaient de-
meures enfouis sous les decombres

La place étant menacée de manquer de munitions, les enfans
de Nev-dorf et de Bourg-Libre, s'occupaient à ramasser les
boulets lancés par les remparts d'HUNINGUE, et les rapportaient
clandestinement a nos avant-postes Au moment ou, trainant
péniblement une brouette, un groupe d'entre eux se dirigeaient
vers les glacis, ayant été surpris par une patrouille ennemie,
ils furent maltraites et conduits devant l'autorité autrichienne
« *Ou alliez vous, petits voleurs* [1] *avec ces projectiles* ? leur
dit le commandant étranger » *Nous ne sommes pas des vo-*
« *leurs, Monsieur*, lui répartit avec assurance et d'une voix
aigrelette, le petit Joseph F   alors âgé de 15 ans, *vous*
« *pouvez reconnaître, a leur calibre, que ces boulets sont*
« *Français, et nous allions tout naturellement les reporter a*
« *leurs propriétaires, afin qu'ils puissent les employer à vous*
« *chasser de chez nous* [1] » Qui croira que cette réponse in-
génue, faite pour arracher des larmes d'admiration, ne provoqua qu'une fureur brutale ? Heureusement qu'a cet âge on est
ingambe, et qu'avant que les lourds schlagueurs appelés, se furent
presentes, nos héroïques espiegles avaient su se soustraire par
une prompte fuite, au plus lâche des ressentimens

Parmi les gardes nationaux que l'honorable M de Marmier amena de la Haute-Saône sur le Rhin, on remarquait
un vieillard sexagénaire, ancien major de cavalerie, officier de
la Légion d'honneur, décoré de la couronne de fer et de l'ordre de Westphalie Ce vénérable militaire, aux cheveux
argentés, portait le mousquet et marchait dans le rang en
qualité de simple volontaire.

Un jour qu'il traversait la place d'armes d Huningue, pour se
rendre a son poste, une bombe tombe et mugit a ses pieds Au
premier mouvement, toutes les personnes présentes songent à
leur salut, le vieillard seul, demeure immobile et les bras
croisés, vainement on lui crie de tous côtés de se mettre a plat
ventre « Voici quarante ans, répondit-il, que l'ennemi me
« voit debout, ce n est pas à la fin de ma carrière que je
« consentirais à m incliner devant lui » Il dit, le volcan
éclate, et une parcelle de ses débris pénètre jusqu'au cœur de
ce magnanime guerrier, comme pour le punir d'être si grand!

(12) C'est une honte a réparer.

On se rappelle que les journaux de l'an dernier, ont retenti
de cette remarque généreuse adressée au Duc d'Orléans, par
le vénérable Mentor qui accompagnait ce jeune prince, lorsqu'il
fut visiter les ruines d'Huningue Puissions-nous bientôt,
affranchis de ces traités odieux et flétrissans, realiser l'heureux pronostic de notre glorieux interprete

(13) L'armée a compris son mandat !

Oui, certes ! et nous saurions tous le prouver dans le cas
ou l'étranger menacerait de s'immiscer dans nos affaires Les
sentimens d'honneur qui remplissent le cœur de chacun de nos
soldats, ont une toute autre puissance que le knout et la schla-
gue Je suis intimement persuadé, que s'il s'agissait aujour-
d'hui de soutenir notre independance et de repousser une invasion étrangere, on pourrait, au besoin, se dispenser de nous
distribuer des cartouches

(14) Tout citoyen devient soldat !

Superbe France, ô ma chere patrie! repose en paix plus que
jamais, les tyrans sont trop pénetrés de ta force, pour tenter en
ce jour de te subjuguer Mais si, dans leur démence, ils
renouaient contre toi leur ligue infernale, tes armées servi-
raient d'avant garde a 6,000,000 de citoyens, qui voleraient

gaîment a ta defense Malheur a qui provoquerait un pareil débordement [1]   Dieu seul , pourrait en prevoir les terribles résultats

(15) Tremblez [1] oppresseurs de la terre ,
   Un gouffre entrouvrant son cratere ,
   Creuse sous vos pas le neant [1]. .

Au moment ou un volcan sous-marin vient de surgir au sein de la Méditerranée , serait il donc impossible, que la Providence dont les decrets sont impenétrables autant qu'immuables, ait precisément choisi pour point de transpiration correspondant , les lieux ou le despotisme croit avoir consolide son siége ? Ce qu'il y a de tres-certain c'est que la nature et l'humanite , également revoltees , ne sauraient tarder , l'une ou l'autre , peut etre même conjointement , a réaliser ma fiction

Les peuples aujourd'hui, sont trop éclairés sur leurs communs interêts, pour ne pas eprouver le besoin de se comprendre et de former a leur tour une assurance mutuelle d'independance , opposee au dangereux fleau de la Sainte-Alliance Vainement l'impudence de quelques charlatans , jointe a l'égoisme, l'oisiveté, le fanatisme et la tyrannie , essayeraient de nouveau a exploiter la docile et niaise credulite que , dans leur illusion, ils supposent exister encore chez la generation présente Les nations sont arrivees a une epoque , ou peu de gens se sentent disposes a s'entrégorger dans le but de retablir les systemes de l'arbitraire des courtisans et le bon plaisir des despotes Le tems d ailleurs n'est pas eloigne , ou les bataillons qui sont encore conduits et entretenus dans l'etat de l'esclavage, accueilleront leurs libérateurs par *des salves en l'air* Oui , bientôt , j'en ai l'espoir fonde a la déplorable effusion d'un sang genereux, succédera celle des larmes du bonheur et de la reconnaissance [1]

(16) Vous , dont la lâche perfidie
   Poussa les soldats de ZOLLER [1]

On comprend facilement , que cette apostrophe ne s'adresse point a la masse des bons habitans de l'Helvétie, dont la loyaute condamne de criminels exces Loin de moi, également, l'intention d'inculper la totalité du peuple Balois , je n'ai voulu flétrir du cachet de l'opprobre , que les dégoûtans adeptes de l'aristocratie , et l abjecte canaille que ces miserables soudoyent

En un mot je ne prétends attaquer ici, que ceux qui apres
avoir accueilli les hordes de la Sainte-Alliance, ont guidé et
excité l'etranger *contre Huningue* pendant les deux invasions

Dans une brochure publiée a Bâle, a l'époque de la restauration, plate diatribe écrite par un prêtre, intitulee *die festung Huningen,* et ou fourmillent les plus grossieres balour-
dises, on remarque entr'autres contradictions les allégations
suivantes

« Dans la nuit du 3o novembre, *les Suisses* ayant *laissé*
« *violer* leur territoire par *les Autrichiens,* l'ennemi, profi-
« tant de la plus lache des trahisons, est tombé sur les der-
« rieres des troupes francaises, qui se battirent avec l'achar-
« nement du desespoir il y eut de part et d'autre un horrible
« carnage etc ˮ Que doit-on penser de l'inconsequence et de
la versalité de ce même pasteur quand, quelques pages plus
loin, il entonne une palinodie de cette phrase, en s'expriмant
en des termes diamétralement opposés ? ˮ *La part honorable,*
« nous dit il, *que les federes Bâlois ont prise a la capitula-*
« *tion d'Huningue, offrira dans les fastes de l'histoi re*
« *helvetique, un souvenir aussi* GLORIEUX *qu'imperissable.* »

IMPERISSABLE ! *concedo*, car la souillure de pareils forfaits
devient a jamais indélebile Mais en ce qui concerne le mot
GLORIEUX, j'ignore ce qu'il peut y avoir de GLORIEUX pour
cette tourbe qui, rampant et se trainant a l'ombre des baion-
nettes etrangeres, a eu l'infamie et la lache insolence de
fouler notre sol en portant le feu, le fer, le pillage et la de-
vastation chez un peuple voisin et ami, et de s'abandonner
jusqu'a profaner le tombeau du preux general ABBATUCCI
Leur conduite ignoble, nous rappelle les fables du geai, celle
du lion malade et l'action de ces timides corbeaux qui, protégés
en 18r5 par les veidets du Midi, déchiraient sur les bords
du Rhône le cadavre palpitant de l'infortuné maréchal Brune

> Mais j'arrête ici cette esquisse
> J'éprouve un douloureux émoi
> Dans mes sens le frisson se glisse,
> Et mon cœur fremit malgre moi ! .

LE

CHANSONNIER

DES

CAMPS;

Recueil de Poésies Patriotiques,

OFFERT A LA NATION.

PAR

Ch. Audibert-Le Duc,

UN DE SES FILS ADOPTIFS (*).

Français, amis plus de discorde
LIBERTÉ, LOYAUTÉ CONCORDE !
Pour atteindre a ce noble but
Apportons tous notre tribut

3.e ÉDITION.

(*) A son retour de la campagne de Russie, l'auteur n'était âge que de dix-huit ans, lorsqu'un décret impérial emane de Diesde, le 16 mai 1813, le nomma ELEVE DU GOUVERNEMENT AU PRYTANEE MILITAIRE FRANÇAIS

ÉPITAPHE

GRAVÉE SUR LE ROCHER DE SAINTE-HELÈNE PRÈS DU
TOMBEAU DE L EMPEREUR NAPOLEON

———

Du maître de vingt rois, d'un auguste empereur !
Du GRAND NAPOLÉON ! repose ici la cendre,
Mortels, qui vers ces bords pourriez un jour descendre :
Meditez sur sa tombe et plaignez son erreur ! .

———

SUR

MAXIMILIEN LAMARQUE
QUI MOURUT EN NOUS PROTÉGEANT

———

Pleurez, braves Français ! la patrie est en deuil,
Couvrez de fleurs le sol arrose par vos larmes,
LAMARQUE a succombé !!!. . présentez tous vos armes
Sur les bords du chemin que parcourt son cercueil !

PRÉFACE.

Le plus grand des abus, c est de les tolerer

AIR *Mon père était pot*

PARDONNEZ un original
Dont la muse est fringante ;
Mon Pégase est un animal
Semblable à Rossinante.
 Il n'est point aile ,
 Mais il est sellé
Parfois à la hussarde.
 Il ne vole pas ,
 Son Parnasse est bas,
Car c'est mon corps-de-garde [1]

On s'étonnera peut-être qu'un soldat
obscur , réduit à ses propres et uniques forces , sans fortune , sans appui
et sans recommandations aucunes; ayant
sans cesse à lutter contre les persécu-
tions de gens éminemment puissans; ose
entreprendre de publier un recueil de
poésies critiquo-philosophiquo-patrioti-
ques. Comme il se pourrait que mon
action donnât à supposer , que j'ai dù
être aidé et encouragé dans une pareille

4.

entreprise, qui paraîtra sans doute, tant
soit peu téméraire ; j'affirme ici, sur
l'honneur, et par tout ce que l'homme
véritablement consciencieux reconnaît
de plus sacré au Monde, que je n'ai agi
que de mon propre mouvement, ne
prenant conseil que de moi et que qui
ce soit ici bas, ne peut sans imposture,
se flatter de m'avoir suggéré, à ce sujet,
la moindre idée ni accordé le plus léger
secours.

Je n'ignore pas que, pour se venger
de mes écrits et pour tâcher de parvenir à flétrir mon caractère, le parti
légitimiste a perfidement répandu que,
par la publication de mes opuscules, je
jouais le rôle *d'une girouette ;* quelques-uns ont même ajouté qu'on m'avait
vu, il y a seize ans, dans le chef-lieu du
Gard, prendre part aux scènes déplorables qui accompagnaient de crimi-
nelles réactions. J'en suis fâché pour
mes lâches détracteurs, mais rien ne
m'est plus facile que de leur prouver un
alibi incontestable, puisqu'à l'époque
sinistre dont ils parlent, *j'étais employé
au secrétariat général du ministère de
la guerre,* sous l'honorable maréchal

Gouvion St.-Cyr. Ce ne fut que long-tems après ces tristes événemens, qu'ayant été élagué de mon emploi par le *malheureux* duc de Feltre, je rejoignis effectivement la légion du Tarn à Nîmes, mais je ne parus dans les murs de cette ville, que pour y chanter *la Charte* et la gloire de nos vieilles phalanges; ce qui, sur quatre coups d'épée, m'en fit administrer trois et recevoir un. On conviendra que la chose n'est pas exactement semblable. D'ailleurs, *une girouette* se serait bien gardée d'adresser la CROCADE-HÉROIDE aux puissances du jour, quatorze mois avant *la grande semaine.*

Pauvres BASILES! vous avez beau faire, avec votre perfide système de calomnies; vous nous représentez cet artilleur maladroit dont, par défaut de précautions, la pièce éclate et le foudroie. Mais comment serais-je à l'abri des coups de ceux qui accusent notre Roi de *poltronnerie* et M.ʳ Odilon-Barrot de *jacobinisme?*

Si les combattans des journées de juillet ont excité en moi l'enthousiasme de la sympathie, j'avouerai que la force-armée à laquelle la patrie doit aujourd'hui son salut, vient de pénétrer mon âme d'une admiration beaucoup plus vive encore. Certes j'éprouverais un bien grand plaisir s'il m'était permis de donner l'accolade fraternelle à tous les citoyens-soldats et les soldats-citoyens, protecteurs du trône de juillet pendant les glorieuses journées des 5 et 6 juin. Je ne dissimulerai toutefois pas la conviction intime où je suis, que la seule lettre d'un célèbre député, adressée à son collégue du Haut-Rhin, (surtout par ses paragraphes II, V et VIII), n'a pas peu contribué a rallier autour du Roi des Français, plus de vingt-cinq mille citoyens qui, sans cela, auraient été au moins neutres au moment décisif de la crise. Reconnaissance et vénération à l'auteur de cette magnanime profession de foi. Honneur a ceux qui l'ont publiée avec profusion; quant a moi, je ne mourrai satisfait, qu'après avoir pressé de mes lèvres la main respectable qui l'a signée.

Je regrette que le défaut d espace m oblige a ne donner ici qu un leger fragment d i *Chan onnier* mais je me propose de le mettre incessamment a jour, dans son entier accompagne de la CROCADE HÉROIDE et autres apologues

L'UNION.

RONDE PATRIOTIQUE,

Chantée au Banquet donné a l'Etat-Major de la
Garde Nationale Oyonaise, par MM les
Officiers du 36ᵉ de ligne

AIR : *Vive le vin ! Vive ce jus divin ! etc.*

Français , amis !
Soyons toujours unis,
Le salut du pays
Le réclame
Et proclame !

bis en chœur

Si l'etranger ,
Oubliant le danger ,
Osait nous outrager ,
Courons nous en venger !

Peuple héroïque !
Garde civique !
Force publique ,
Unissons nos travaux !
Par sympathie ,
Notre harmonie ,
De la patrie
Obtiendra les bravos !
Alliance !
Confiance !
Fraternisons, citoyens , soldats!
Non , la brigue ,
Ni l'intrigue ,
Ne sauraient altérer nos mandats !
Français , amis ! etc.

Eclairons ces esprits
Dont l'erreur nous atteste ,
Que des devoirs prescrits
Sont par eux mal compris.
Mais , *si d'ignobles cris*
Servaient de vains prétextes :
Que les moteurs surpris ,
SOIENT AUSSITÔT REPRIS !
    Francais , amis ! etc.

    Absolutistes '
    Fourbes ! sophistes '
    Congreganistes !
Suppôts du *sacré-cœur !*
    Secte arrogante !
    Caste fringante !
    Tourbe intrigante !
Abjurez l'impudeur !
    Jesuites ,
    Parasites ,
Renoncez aux somptueux festins !
    Car les truffes
    VILS TARTUFES
N'influenceront plus nos destins !....
    Français , amis ! etc.

Redoutons les excès
Qu'entraîne *la licence.....*
Ne livrons pas accès
A d'insensés projets !....

Profitant des progrès
De notre experience ;
Sages dans nos succès ,
Prévenons des regrets !....
Français, amis! etc.

Guerre au désordre!
NOUS VOULONS L'ORDRE !!!
Et pour y mordre ,
IGNACE , *il n'est plus tems* [1]
Point d'anarchie [1]
D'ochlocratie , (1)
La monarchie
Promet d'heureux printems !
Plus d'alarmes ,
Car nos armes ,
Sont pour dompter *l'ennemi commun !*
France espère !
Sois prospère !
VIENDRAIENT-ILS AUJOURD'HUI DIX CONTRE UN ?...

Français , amis !
Soyons toujours unis ,
Le salut du pays
Le reclame
Et proclame [1]
Si l'etranger ,
Oubliant le danger ,
Osait nous outrager ,
Courons nous en venger !

bis en chœur.

---

(1) NAPOLÉON définissait *l'ochlocratie* par ces mots « Gou-
« vernement de la lie du peuple, ou les crimes les plus révol
« tans , sont considérés comme des actes de grand courage »

L'EUROPÉENNE.

CANTATE,

Composée au moment des Triomphes de l'heroïque
Pologne et de l'indépendance de la Belgique

———◆———

AIR *Peuple Français, peuple de braves* '(la Parisienne)

Vaillans soldats ' Francs intrépides ,
Rejetons de ces preux guerriers '
Volons ' par des exploits rapides
Moissonner NOS PLUS BEAUX LAURIERS '
Que du *Dnieper* jusques au *Tibre* ,
L'écho du mot LIBERTE , vibre '
  Belges et Germains '   } *bis*
  Polonais ' *Romains* '
Brisez les fers qui flétrissent vos mains '
  L'EUROPE SERA LIBRE ' ' '   } *bis*

 Le coq gaulois , peuples , présage
L'indépendance et le bonheur '
Mortels , saluez au passage
Ce symbole triomphateur '
Que du *Dnieper* jusques au *Tibre*
L'écho etc

 Teutons , Sclavons, *que de vils traîtres* .
Guidaient dans nos tems malheureux ,
Vous nous imposâtes des maîtres
Mais *nous serons plus généreux* '
Que du *Dniéper* jusques au *Tibre* ,
L'écho etc

Le Nord soulevé délibère
En repoussant un sort fatal,
Enfans du *Tage* et de *l'Ibere*,
Secouez le joug monacal !
Que du *detroit* jusques au *Tibre*,
L'echo etc

Et vous sujets du roi Batave,
Quand le Brabant proscrit Nassau
Renoncez a le rendre esclave,
Ou nous marchons droit à l'assaut !
Que du *Dniéper* jusques au *Tibre*,
L'écho etc

Naguere une ligue oppressive
Nous dictait d'infâmes arrêts,
Français, reprenons l'offensive,
Des destins suivons les decrets !
Que du *Dniéper* jusques au *Tibre*,
L'écho du mot LIBERTE vibre !
  Belges et Germains !
  Polonais ! *Romains* !   *bis.*
Brisez les fers qui flétrissent vos mains !
  L'EUROPE SERA LIBRE ! ! ! } *bis*

LE PHARE DE LA LIBERTE.

CANTATE,

*A l'occasion des nouveaux Drapeaux delivrés à
l'Armée par le Roi des Français*

———◆———

AIR *Liberté sainte ! après trente ans d'absence*

Drapeau sacré , que dans des jours prosperes
Paris rendit à ses vaillans enfans
Embleme heureux , talisman de nos peres
Sous ton egide ils volaient triomphans !
Quand des tyrans , le despotisme ecroule ,
Noble etendard plane avec majesté !
Sur ce guidon, qui flottant se deroule ,
Peuples lisez *(bis)* PATRIE ET LIBERTE ! } *bis*

Coq des Gaulois , admirable symbole
De vigilance et de mâle vigueur ,
Dans les combats redeviens notre idole ,
Ah ! des destins nous narguons la rigueur !
Braves soldats ! le prince vous confie
Ces trois couleurs qu'il portait à FLEURUS !
Ligue servile, avance ! on te defie ...
Car nous comptons *(bis)* un vrai Français de plus ! } *bis.*

Si l'etranger nous contraint a la guerre,
Souvenons-nous que , sous cet étendard ,
Avec éclat , amis , on vit naguere
Surgir NEY ! SOULT ! FOY ! LAMARQUE et GERARD !
Briguons ces prix , que la France decerne
A qui suivit l'honorable sentier
C'est maintenant que *dans notre giberne,*
Nous trouverons *(bis)* le bâton des MORTIER ! } *bis.*

De tant de 'gloire orgueilleuse bannière,
Brillant témoin de cinq lustres d'exploits'
Viens dans nos camps décorer la bandiere,
Sois l'interprete et l'appui de nos droits'
Deviens un PHARE , ou du sein des tempêtes
L'indépendance aperçoive le port
Que , devant toi , l'hydre courbe ses têtes , }
De l'univers (*bis*) provoque le transport' } *bis*

EPIGRAMME

A QUELQUES CHEVALIERS IMPROVISES.

AIR   *Mon pere etait pot*

Jeunes fous qui , sortant des bancs
N'avez, sous vos bannieres ,
Mérite ces rouges rubans
Mis a vos boutonnieres
    Blancs-becs sans pudeur
    En place d'HONNEUR '
    Du noble mot PATRIE '
    Morveux, à ces croix,
    Sur vos cœurs je crois
    Lire . CHAMBRE GARNIE ' ..

L'ASSURANCE,

Couplets chantes sur les Ruines d'Hininvgue, à l'occasion de la Reception faite aux braves Refugies Polonais, par Mrs les Officiers du 36e de ligne

---

Air *Dis-moi soldat, dis-moi t'en souviens-tu !*

Vous, dont le glaive a protégé la France,
D'Ostrolenka magnanimes debris !
Reposez-vous d'une longue souffrance,
Nos toits heureux vous offrent leurs abris
Ne craignez plus leur rage et leur furie,
Des oppresseurs nous briserons les lacs !
Compte sur nous, ô Pologne cherie ! } *bis*
Non, non ! non, non ! tu ne periras pas ! }

C'est vainement, qu'un farouche Autocrate,
Par des rigueurs suppose t'asservir,
Un jour viendra, vaillant peuple Sarmate !
Ou de son joug nous saurons t'affranchir
Dans sa demence et dans sa barbarie,
Que du pillage il dote ses soldats . .
Compte sur nous, ô Pologne chérie ! } *bis.*
Non, non ! non, non ! tu ne périras pas ! }

De ces heros, Berlin, qu'il te souvienne,
Jadis leur digue a retenu les Czars,
Jean Sobieski sauva les murs de Vienne,
Ou Soliman portait ses étentards !

Au fond des cœurs, un sentiment vous crio
Quoi les Germains seraient-ils des ingrats ?
L'écho répond   ô Pologne chérie '   } bis
Non, non ' non, non ' tu ne périras pas ' }

    A nos désirs si la fortune adhère,
Warchau, bientôt reverra ses enfans,
Bientôt peut-être, au pied du Belvédere,
Nos deux drapeaux flotteront triomphans '
Tes exiles proscrits en Sibérie,
De ces déserts rameneront leurs pas '
Compte sur nous, ô Pologne cherie '   } bis
Non, non ' non, non ' tu ne periras pas ' }

    Domptant du Nord, la horde énergumene,
Reproduisons les tems de Kosciuzco '
Ressaisissons le cours du Borysthène
Et les remparts du fort de Smolensko '
Des Jagellons renaîtra la patrie,
Sur les confins défendus par leurs bras '
Compte sur nous, ô Pologne cherie '   } bis
Non, non ' non, non ' tu ne périras pas ' }

    Nous partageons vos angoisses poignantes
Fils des guerriers de la Sommo-Sicra !
Découvrez-nous vos blessures saignantes,
La main d'un frere hélas ' les guerira
Dans leur sommeil, charmant leur rêverie,
France, apparais sous les traits de Pallas,
Et redis leur, ô Pologne chérie '   } bis
Non, non ' non, non ' tu ne périras pas! }

LA FRANÇAISE,

Hymne de la Liberté,

DEDIEE

AUX GARDES NATIONALES DE FRANCE.

———————

Air   *L'Aurore du bonheur* (Chant du Midi)

J'APERÇOIS dans l'azur de la voûte etherée,
D'un nuage argenté les reflets radieux!
Q'entends je? Et quels accents vibrent du haut des cieux?
C'est ELEUTHERIA, des mortels reveree!
Ah' reviens parmi nous, celeste Déite,
Partager notre culte et notre idolâtrie!
Protege les Français, auguste LIBERTE!
Viens dompter les tyrans *(bis)* et sauver la patrie! } CHOEURS

« D'infâmes courtisans, dans leur vaine demence,
» Sous un ignoble joug prétendent te plier,
» Souleve-toi, grand peuple' on veut t'humilier'
» Prouve à ces insenses, ta force et ta clemence' »
  Ah' reviens, etc

« Songeant a rétablir de honteux privilèges'
» L'horrible fanatisme esperait te braver
» Mais ton glaive puissant doit bientôt l'entraver,
» Opprobre à ces félons' parjures, sacrileges' . »
  Ah' reviens, etc.

« Banissons à jamais une secte exécrable,

» Qui compromet l'autel, les trônes et les lois ' (*)

» Que ces vils corrupteurs soient réduits aux abois ,

» Peuple' rends ton triomphe *éclatant et durable* ' , »

Ah ' reviens, etc

« Vous dont la nouvelle ere excite, hélas ' la haine ,

» N'infectez plus ce sol et fuyez sans retour ,

» En cachant le pays ou vous prîtes le jour ,

» Suivez le despotisme et supportez sa chaîne ' »

Ah ' reviens parmi nous, celeste Deité ,

Partager notre culte et notre idolâtrie '

Protege les Français, auguste LIBERTÉ '

Viens dompter les tyrans *(bis)* et sauver la patrie '

} CHOEURS.

(*) Un inspecteur-géneial , dont par respect pour sa gloire militaire , je consens a cacher le nom , et qui paraissait *s attendre a une delation de ma part* , lorsque je ne faisais que signaler simplement les dangers eminens d'une trop aveugle confiance , exigeait de moi des personnalités ; honteux et surpris du rôle infame ou je me voyais place , je refusai formellement de répondre a ses instances Toutefois le dépit s'empara du pouvoir , jusqu a m'accuser de *perfides reticences* ' Le tems m'a heureusement vengé de cette abominable injure , car l'experience des faits a depuis plusieurs fois prouve , de quel côté était *la perfidie* .

AIR *Connu*

« Le mot de jésuite est vain

« Ils mettent de l'eau dans leur vin »

— Quelle est votre imprudence ?

Voyez leur impudence '

Malgré qu'ils fussent prévenus

Les diôles y sont revenus

Pour eux plus de clemence '

Punissons leur demence '

Pour conclusion , je dirai avec l estimable abbe de BEAULIEU

A la justice enfin donnant un libre cours

« De notre sol sacre rejetons pour toujours

« Ces lâches favoris ces courtisans perfides

« Ces chevaliers sans gloire et ces prêtres avides

Qui jusqu a nos exploits ne pouvant se hausser

« Jusques a leur neant voudraient nous abaisser ' »

HOMMAGE AU VRAI MÉRITE.

Couplets dédiés aux Honnêtes Gens

AIR *Dis-moi, soldat, dis-moi t'en souviens-tu ?*

HONNEUR au preux qui, parmi cette ville,
Sut ramener le bonheur et la paix,
Et qui, calmant la tempête civile,
Nous rassembla sous l'Etendard français !
Concitoyens, par des chants d'allégresse,
De l'avenir embellissez le cours,
Mais au mil eu de tes transports d'ivresse, ⎫ *bis*
Peuple Nîmois, souviens toi de LASCOURS ! ⎭

   Ah ! souviens-toi qu'il conjura l'orage
Qui menaçait d'engloutir tes foyers,
Et que sa voix et son noble courage,
T'ont preservé des plus affreux dangers !
D'une belle âme admirant l'indulgence,
A la sagesse ayant toujours recours
Dans tous les tems imite sa prudence, ⎫ *bis*
Peuple Nîmois, souviens-toi de LASCOURS ! ⎭

   Plus de partis, de l'horrible discorde
Eteignons tous le perfide brandon.
Que dans ces murs regne enfin la concorde
Oubli du mal et généreux pardon !
Au monde entier donnons un grand exemple !
Rallions-nous pour cet heureux concours,
Et si bientôt l'un vers nous contemple
Rendons hommage au vertueux LASCOURS !

ERRATA *de quelques exemplaires*

Page 13 ligne 19 *qu'il y ait* lisez *qu'il y eut*
Page 18 ligne 19 *ouvrages imprimées* lisez *ou rages*
Page 20 ligne 19 *émistiches* lisez, *hemistiches*
Page 32 ligne 16, *pres de Glaris* lisez *pres Glaris*
Page 33 ligne 10 *furent retentir* lisez, *retentir nt*
Page 35 ligne 18, *sujest ons* lisez *suggestions*
Page 36 ligne 28, *leurs attributions,* lisez *ses attributions*
Page 41, ligne 4 *quelques uns,* lisez, *quelques unes*

www.ingramcontent.com/pod-product-compliance
Lightning Source LLC
Chambersburg PA
CBHW060811180626
46818CB00002B/783